DIVINO IMPERADOR DO CERRADO

chico gayoso

URUTAU

maio de 2023

O —
editora Urutau

avenida peirao besada, 6 – 2D
36163 poio-pontevedra
(espanha)

rua cajus, 478
jardim das cerejeiras, cotia — sp
brasil
06724-015

[+55] 11 94859 2426 [brasil]
[+34] 644 951 354 [galiza]

www.editoraurutau.com.br
contato@editoraurutau.com.br

[EDITORA]
debora ribeiro rendelli
[REVISÃO]
marcella sarubi
[PROJETO GRÁFICO]
wladimir vaz
[COORDENAÇÃO GRÁFICA]
tiago fabris rendelli
[DIAGRAMAÇÃO]
victor h. azevedo

dados internacionais de catalogação na publicação (CIP) de acordo com ISBD

gayoso, chico
G288d divino imperador do cerrado / chico gayoso. - cotia : urutau,2023.
68 p. ; 12,5cm x 16cm.

ISBN: 978-65-5900-489-8

1. teatro brasileiro. 2. dramaturgia. I. título.

CDD 792.0981
2023-992 CDU 792(81)

elaborado por vagner rodolfo da silva - CRB-8/9410

sumário

À Maria Luiza, pela capacidade notável
de continuar diante da rudeza da vida,
esperando sempre a chuva que refresca
e traz as flores.

PERSONAGENS

FRANCISCO

Proprietário de uma imensidão de terras no cerrado, em decorrência da idade, encontra-se sob os cuidados de Rosa, sua prima quarenta anos mais nova tomada por ele como mulher/empregada. É viúvo de Amália. Trata-se do único personagem masculino da trama.

ROSA

Prima de Francisco, foi levada sob ameaça de morte para a fazenda, depois de uma briga que ele teve com Amália. Na infância, sempre foi muito próxima de Maria.

MARIA

Filha mais velha de Francisco. Melhor amiga de Rosa, nunca se conformou com os modos do pai. É a mais bonita das filhas de Francisco.

JOANA

Irmã gêmea de Janaína, sempre cumpriu as ordens de Francisco, nunca manifestou resistências aos desmandos do pai e o ajudava no trato com os animais. Possui uma cicatriz no rosto.

JANAINA

Irmã gêmea de Joana, muito ligada a Amália. Juntas cultivavam a horta e o jardim. Delicada e alegre, perdeu a lucidez e a razão de viver.

TEREZA

Empregada da casa de Francisco, possui ao longo da vida um relacionamento extraconjugal com ele. Com a morte de Amália, achou que pudesse ser a nova esposa do fazendeiro.

ATO I

Numa fazenda, em pleno Cerrado, mora Francisco Dantas. Um homem essencialmente perverso. Mãe, esposa, filhas, empregadas, amantes, todas marcadas por um episódio trágico na relação com ele. Francisco é o rei de um pedaço do Cerrado. Ele conseguiu ser "eleito" imperador da Festa do Divino por meio de um suborno.

O cenário é a casa da fazenda de Francisco. Na cadeira de balanço, Francisco, que se move com dificuldade, contrapõe sua debilidade física à efervescência de seus pensamentos. Na fase quase octogenária da vida, Francisco agora se compraz de longas sessões de autoanálise, nas tardes modorrentas da estação de estiagem do Cerrado. Junto dele está Rosa, responsável pelos afazeres domésticos da casa desde que Tereza, a empregada há décadas na família, foi mandada embora. Francisco fora casado com Amália e tem três filhas (Maria e as gêmeas Joana e Janaína). Em um tempo passado, o fazendeiro separou-se de Amália e trouxe Rosa, a prima quarenta anos mais nova, para morar com ele.

O ambiente da casa da fazenda é de proporções gigantescas, Francisco é um próspero criador de gado, o passado de carestia é compensado pela fartura de comida e ostentação de posses territoriais. Rosa está encarregada do preparo dos quitutes para a Festa do Divino. A festa do santo coincide com o aniversário de Francisco, todas as mulheres vivas (e talvez as mortas também) vêm anualmente comemorar o aniversário de Francisco, e esse ano, por ocasião do cargo na Festa do Divino, a data torna-se ainda mais especial.

CENA 1

Rosa está frente ao altar do Divino.

ROSA (*Rezando*)

Ó Fogo abrasadô, do Puro Amô, vinde como em Pentecoste. Incendiai a noss'alma, o nosso coração! Queimai em nós todo ódio, toda falta de fé! Queimai em nós todo orgulho, toda vaidade, e fazei que nos prendamo às coisa do céu! Tirai de nós todo apego ao materialismo, às pessoa. Tirai de nós todo desrespeito humano! Inflamai e purificai o nosso coração com um ardente amô, por Jesus Cristo. Inspirai-nos o ardente desejo de alcançá o Céu! Ensinai-nos como falá e quando falá, como agí e quando agí. Que sejais vós, Senhor, fonte de toda santidade, a falar a nós, agí em nós, pois só assim daremos fruto, cem por um! Vinde, Espírito Santo de Amô sobre toda a terra, abrasai-a num fogo consumidô e dai-nos a paz tão desejada nos coração para que cesse toda a violência e haja o amô. Amém!

CENA 2

ROSA *(Servindo a comida de Francisco)*
Cê devia ao menos me agradecê de ficá junto di você. Parece que num entende que agora tá de idade e precisa de mim pra tudo.

FRANCISCO (*Dá uma colherada no prato, cospe e joga a comida no chão*)
E cê ainda tá aqui por quê?

ROSA (*Limpando*)
Medo e pena. Medo de que cê mande me matá e pena porque sô temente a Deus. Cê que parece não temê, Francisco, desgraçô c'a vida das mulé tudo desse lugá. Num consigo entendê o porquê delas num te deixari e todo ano vêm lhe visitá.

FRANCISCO (*Irônico*)
Deve sê pra tê certeza di qui tô morto.

ROSA (*Resmunga*)
Se bem qui pra muitas, seria melhó. (*Sussurrando, mas Francisco ouve.*) Incrusive pra mim!

FRANCISCO
Eu queria sabê o que cê ia fazê da vida. Com quarenta ano nas costa, cabada do jeito qui tá. Com fama de mulé de veio, que hômi ia te querê? (*Provoca Rosa*) Ainda se fosse bunita feito Maria, c'a mesma idade, é a mais formosa das mulé dessas paragi.

ROSA (*Com ar de vitoriosa*)
Tu nunca se conformô dela nunca tê sido sua, né Francisco? Sabe muito bem que nunca vai conseguí nada co'ela. Cê se acha muito do valente, mas tem é medo de Maria.

FRANCISCO
Medo? Como s'eu sôbesse o qui é isso. Nunca senti medo em minha vida. Eu matei todo mundo qui me podia me causá esse sentimento. (*Introspectivo*) Com dez ano, resolvi saí de casa pra me livrá da carestia, logo encontrei na rua meu sustento. Era artista, fazia umas micagi em troca de uns dinhêro. Qualiqué coisa que fazia, era motivo pro povo rir: contá uma piada, fazê uma mágica, andá ni perna de pau. (*Francisco vislumbra a cena de seu passado*) Mérquide era

o dono daquele pedaço, Grorinha, a namoradinha dele... sararazinha dos zói cor de mel, iguá os da mamãe. Me apaixonei por ela, robei um bêjo de Grorinha e de quebra a freguesia de Mérquide. Um dia, veio ele tirá sastifação, a gente se engatô nu'a briga. Os menino da rua fustigano, apanhei feito condenado. Mérquide jogava capoeira, levei tanta pelada na cara. Fiquei no chão, cuspino sangue. Todo mundo mangano de minha cara. Foi só ele virá pra mostrá vitória, que panhei u'a pedra canga. Com as duas mão, fui direto no pote. O miolo misturô c'a pedra, virô tudo u'a coisa só.

ROSA (*Benze-se*)
Devia era tê vergonha de contá umas coisas dessa. Onde já se viu? Matá uma pessoa com dez ano.

FRANCISCO
E isso, nem é nada perto das coisa qui já fiz e vivi.

CENA 3

O longo período de estiagem que ocorre no Cerrado faz com que a vegetação seque, a fumaça tome conta do ar e o sol se torne avermelhado, numa sugestão ao sangue que Francisco já derramou ao longo dos anos, sangue das mortes e estupros que cometeu.

ROSA (*Rosa olha a paisagem pela janela e entre a pastagem esturricada,* vê o caminho ermo)
Parece qu'elas num vão vim esse ano!

FRANCISCO (*Resoluto*)
Elas sempre vêm, assim como as frô que brota dessas árvre esturricada pelo fogo, na primeira chuva: elas vão aparecê!

ROSA
Você é sempre tão certo de tudo, Francisco!

FRANCISCO
Depois de tud'errado que já fiz, ao menos nessa hora da vida eu devia tá certo. Certo da mais certa das certezas, de que especialmente hoje: elas vão vim!

ROSA

Às veis, cê fala u'as coisa que é difíci de entendê, Francisco. Nem parece qu'é anafabeto. Nunca escreveu o "o" c'o fund'agarrafa. Num consigo entendê com'é qui sem sabê de nada dos estudo, conseguiu tudo o que tem na vida, inclusive ela!

FRANCISCO (*Ríspido*)

Tive! (*Introspectivo*) C'a morte dela, perdi tanta coisa! Num sei por que insiste em invocá Amália. Ela era uma santa, qu'eu só fazia venerá. Mulé mesmo, eu tinha na rua.

ROSA

Venerá?! Cê já nem tava mais co'ela quando a coitada morreu! Deixô ela lá, à míngua, na casa do riacho c'as menina, pra podê fazê mais desgraça sem qu'ela visse. E me trouxe pra cá, pra acabá c'a minha vida.

FRANCISCO (*Tenta se levantar para bater em Rosa, mas não consegue*)

Nunca mais repete isso! Eu nunca abandonei Amália, nem na hora da morte. Visitava ela todo dia, levava os vívere e via se tava tudo certo co'ela. E ainda levava frô, coisa que nunca fiz pra otra mulé, nem pra minha mãe!

ROSA
Então por que foi me pegá na casa de meus pai quando eu era nova e bonita e mandô ela pra morá na casa do riacho? Pra fazê comigo tudo o que fez sem qu'ela visse?

FRANCISCO
Cê nunca se deu conta do favô qu'eu te fiz. Talvez hoje, cê fosse mais uma puta, qui ia dá uma penca de neto pr'aquela vagabunda véia cuidá, como fizero suas irmã.

ROSA
Cê num tem direito de falá assim de minha mãe, nem de minhaz'irmã.

FRANCISCO
Tenho sim, comi elas tudo por um punhado de dinhêro, posso dizê com popriedade qui é um bando de puta, Dora, Dozinha, Coquinha, Pelonha... tudo elas eu comi.

ROSA
Então, por que me escolheu pra ficá aqui?

FRANCISCO (*Ponderando*)
Cê é diferente!

ROSA (*Lamenta-se*)

Diferente mesmo! Agora sou uma mulé qui perdeu a beleza, obrigada a vivê nessa casa cuidando do hômi qui me maltratô a vida toda. Qui tentô me matá tantas veis, me trancô nesse mausoléu. Num tive filho, num tive alegria, fui obrigada a satisfazê seus desejo mais nojento. (*Olha pra si mesma e vê no que se transformou com o passar dos anos, olha uma foto na parede quando jovem*) Aqui! Quéta! Calada! sem podê gritá pra ninguém. Se Deus existe, ele deve tê tampado os zovido pra meus pedido! (*Chorando*) Nessa casa, cê acabô com minha pujança, Francisco! (Enxuga as lágrimas e anuncia) Mas parece que u'a de'as lá vem! Deve de sê Tereza, vem mancando, sozinha. Essa nunca se conformô co minha presença aqui, sempre quis sê a mulé, 'pesar de sê amiga de Amália.

CENA 4

Chega Tereza, a senhora quase anã de cabelos claros que claudica de uma perna, mas traz em seu embornal presentes ao seu santo algoz. A admiração de Tereza por Francisco é tamanha que, mesmo depois de despedida e mandada embora da casa da fazenda, volta todos os anos, como uma velha amiga da família. A dívida, nunca paga por Francisco a ela pelos anos de trabalhos, converte-se ainda em mimos ao senhor daquelas terras.

TEREZA (*Tereza mal olha Rosa e já vai cumprimentar Francisco*)
Oi, Francisco, cê tá bão? Assim espero! Trouxe doce di mamão verde e francisquito, que cê tanto gosta: um agrado pro Imperadô da Festa do Divino Espírito Santo.

FRANCISCO (*Com um ar de deboche, desejo e prepotência*)
Como tá, galega veia? Inda num morreu? Periga depois de morta voltá pra me assombrá, num se aparta de mim! (*Pede as guloseimas trazidas por Tereza*) Me dê cá, deixa vê como tá isso? Tem veneno aqui não, né?

TEREZA (*Em indireta para Rosa*)
Esses aí num tem. Devia era tomá cuidado com o come do dia a dia. Eu, veia assim, num tenho interesse ni sua morte.

FRANCISCO (*Desconversa e ignora a provocação de Tereza a Rosa*)
Mas me diga como vai essa vida de veia incapaz? Inda lembra daquele teu noivo que fugiu antes do casório? (*Ri sarcasticamente na cara de Tereza*) Devia era fazê promessa pra São Gonçalo, casamenteiro de veia, Sant'Antônho não dá mais jeito ni sua causa. (*Sério*) Ele te deixô aqui, daquele jeito, passando necessidade. Num fosse por mim, cê tinha minguado naquela época!

TEREZA (*Observa Francisco cuidadosamente*)
Cê tá mais magro, Francisco, deve ser essa lavagi que te dão pra comê. Seu dinhêro deve tá indo pra otro canto que cê nem tá sabendo. Quem mandô o piquizêro veio se juntá com ramêra nova! Nem fruto dá, só faz é juntá bicho!

FRANCISCO (*Interrompe a visitante malquista*)
Cale s'a boca e deixe de levantá falso contra Rosa. (*Estabelece-se como o único varão daquelas paragens*) Nunca tirei os zói de cima dela derna que trouxe ela do seridó. Isso tud'é arrelia sua porque num me casei mais você, Tereza.

ROSA (*Revida a provocação de Tereza*)
Me admira muito u'a véa dessa inda se dá 'o trabalho di aparecê por aqui. Nunca recebeu um centavo do dinhêro que Francisco lhe deve, nunca conseguiu casá com ele, o sonho di sua vida. Inda vem aqui como se fosse amiga da família! Não fosse pelo Divino Espírito Santo, eu mêma te enxotava daqui.

TEREZA (*Altera-se*)
Menina, cê fique quéta que até de você eu cuidei, devia me sê grata de ter lhe salvo da sarna. Até garrafada pra acabar com sua zipela, eu fiz. (*Abaixa o tom*) Mas nada por você, tudo a pedido de Francisco!

FRANCISCO (*Pacificador*)
Vão ficá se engalfinhando aí? Não tem coisa pra fazê pra Alvorada de logo mais? Antes do amanhecê chega os festêro e num tem o que comê por causa da contenda de cês duas! (*Imperativo*) Me chama quando a janta tivé pronta ou se porventura Maria aparecê!

CENA 5

Francisco vai para o quarto. A inimizade entre Rosa e Tereza parece ser uma disputa pela atenção de Francisco. Longe do olhar do imperador, o medo parece uni-las.

ROSA

El'até esquece que tem mais duas filha. Maria é a única mulé qui ainda parece existí no mundo pra Francisco. Fala nela o dia todo que Deus dá. Derna de que ela sumiu, só faz é lembrá dela.

TEREZA

Maria sempre foi a mais bonita e arisca das moça daqui! Parece que Francisco num conseguiu domá aquela menina. Talvez por isso fala dela o tempo todo, é o trunfo que num alcançô, a insígna mais desejada! Francisco conseguiu tudo que quis na vida. Saiu da casa da mãe pra morá na rua e foi se virando. Alistô pra lutá na guerra, trabalhô ni circo. Mas inda se tivesse ficado por aí, tava tudo certo, tem nada de mal nisso. O problema foi Francisco tê matado tanta gente quanto matô e desgraçado a vida de tanta mulé. Será que num pesa na consciência desse hômi a ruindade que fez? E apesá de tudo, mêmo assim, nesse estado, tenho medo dele! Minha Nossa Senhora d'Abadia! (*Se benze*)

ROSA (*Como que num sentimento conciliatório*)
Tamém inda tenho medo de Francisco. Num sei do que esse hômi é capaz! Uma vez, me contô que quando chegô aqui pela região do Coqueiral, emprestava dinhêro a juro. Como veio de fora, num era bem-visto por aqui. O hômi qui tomô o emprestado resolveu num pagá e ainda disse pra Francisco voltá pra terra dele. Francisco num matô di pronto, não. Deu três dias pro hômi pra pagá. Passado o tempo combinado, Francisco foi lá cobrá, e ele num tinha a paga. Francisco deu um tiro no peito dele, qui caiu já morto no alpende da casa. A mulé apareceu e Francisco diz que ficô com pena dela viúva e atirô na cabeça. Veio a criança. Francisco pensô que órfão ia sofrê muito na vida e *pei*... mais um tiro!

TEREZA
Né nem bom ficá comentando, vai que ele tá de espreita e vem tirá sastifação. (*Quebra*) Tô ouvino baruio de charrete. Cê que enxerga melhó, fita na direção da estrada e vê se consegue sabê quenhé!

ROSA (*Olha ao longe e reconhece*)
Parece qu'é Joana. Mas ela tá sozinha. Janaína não veio, será?

TEREZA (*Com a certeza de quem conhece cada uma das filhas de Francisco*)
Joana nunca deixaria Janaína sozinha na casa do riacho. Só se Janaína tivesse murrido.

CENA 6

Joana entra de nariz aberto e pede ajuda a Rosa e Tereza.

JOANA (*Esbaforida*)
Anda, me ajuda a pegá Janaína na carroça. E'a tá muito mal, só faz chorá e gritá.

As três saem do recinto e voltam carregando Janaína no braço.

TEREZA
Meu nosso Senhô Jesus Cristo! Nossinhora d'Abadia! Que foi pr'ela?

JOANA
Num sei, Tereza. Foi de onti pra hôji. Quando a procissão do Divino passô por lá esmolano, viu a bandeira e logo começô os ataque.

Em algum tempo da história familiar, Janaína ainda pequena sempre era vista em companhia de Francisco, mas um episódio desconhecido fez com que a menina perdesse a sanidade. A partir de então, foi mantida presa num cômodo da casa com grades.

JANAÍNA (*Grita*)

Faz isso não! Pufavô, meu pai!

TEREZA

Seu pai tá no quarto, Janaína. Num vai pedí a bença?

JOANA

Já ricibi toda maldição possíve desse hômi. Nem precisa avisá c'a gente chegô. Anda cuidá de Janaína, coitada! Depois a gente fala co'ele, num quero que veja minha irmã nesse estado. Inda periga dizê que nem pra cuidá de bicho eu sirvo.

A cena é desoladora, Janaína traz as marcas de corrente nos calcanhares, o vestido sujo de sangue e excrementos. A gêmea, mais alva pelo claustro, exala uma profusão de secreções e excreções com alfazema. Tereza, a abnegada e eterna empregada, se compadece de Janaína e a leva para ser lavada com a ajuda de Joana.

CENA 7

Joana volta e fica a sós com Rosa. Joana é a filha mais bruta pelo trato com os animais. Seu contato com os bichos causou nela uma dificuldade em relacionar-se com outras pessoas, para além de sua irmã gêmea. Desde pequena, Joana sempre se mostrou a filha avarenta.

JOANA

Deve tá feliz, né, Rosa? Dizem que meu pai num passa desse ano. Por isso, escolhero ele pra imperadô. Agora cê tem chance de ficá com o dinheiro do veio. Veio pra cá forçada, mas viu que podia se dá bem no meio da desgraça. (*Pega no braço de Rosa*) Pensa qu'eu num sei do que anda fazeno, Rosa? De seus encontro no meio da noite? Eu botei um moleque pra te vigiá.

ROSA (*Tentando se livrar de Joana*)

Cê num sabe do que tá falando, Joana? Eu nunca tive otro hômi na vida que não teu pai. Cê nunca me aceitô nessa casa porque Francisco me botô no lugar di sua mãe, mas eu num pedi isso. Fui forçada, ameaçada de morte. Francisco disse que ia me matá, eu e toda minha família. A única vez que tomei coraji de saí daqui foi quando Maria me ajudô, mas nem cheguei no sítio de Dona Ceição, com medo qui Francisco fosse atrás de mim. (*Suplicante*) Agora eu te peço, Joana, num diga nada a seu pai, eu te juro por tudo que há de mais sagrado, pelo Divino Espírito Santo, que nunca fiz nada contra a honra dele.

JOANA

Cê é falsa, Rosa, nunca gostei de você! Ainda mais que é amiga de Maria, minha irmã, a mulé que todo hômi desse lugar só tinha olho pr'ela. Na vila Coqueiral só se falava ni Maria, parece que eu e Janaína nem existia nessa casa. O único hômi que podia chegá perto era mesmo meu pai. Uma vez me apaixonei por um dos empregado da fazenda, pai me viu dando um abraço nele. (*Horrorizada*) No dia seguinte, Joaquim apareceu morto, pelado com os bago cortado, iguá porco capado, pra todo mundo sabê que com fia de Francisco Dantas num se mexe. Desde esse dia, nunca mais conheci nenhum otro hômi!

ROSA

Eu sinto muito, Joana.

JOANA (*Desabafa*)

Sente nada, Rosa. Você nem sofreu como eu, minha mãe, minhas irmãs e Tereza sofremos. Você chegô depois que o demônio já tava manso. Na época, meu pai bebia, enchia a cara, chegava em casa e queria bulí com todo mundo. Até c'a pobre da Fininha, a cadela. Isso é o demônio, Rosa, e inda assim chamaro ele pra sê Imperadô do Divino. Isso que num dá de entendê. Que Igreja é essa? Que Deus é esse? (*Enternece-se*) Mas eu vou lá dentro vê como tá Tereza com Janaína. Coitada de mirmã. Derna daquela Alvorada, nunca mais foi a mêma. Primeiro embrenhô na cachaça pra esquecê da desgracêra. De bêba foi perdeno o juízo e agora tá assim: louca, louca! Eu acho que nós tudo enlouquecemo!

ROSA (*Tenta se aproximar de Joana para consolá-la*)

Num fique assim, pense que em breve tudo isso vai acabá, Francisco já tá de idade!

JOANA (*Se afasta*)

É com isso cê conta né, Rosa?

Joana sai.

CENA 8

ROSA (*Sozinha*)

Que vida é essa?! Já não passá a vida toda a serviço de Francisco, omilhada e maltratada por ele. Sendo obrigada a me deitá com essa criatura nojenta. Sem podê fazê nada pra me defendê! Inda tenho que ouví os desaforo de Joana. Ela diz que num sofri tanto, mas num sabe ela da missa um terço. Quantas noites acordei com tapa na cara, só porque Francisco sonhava qu'eu tava traindo ele. Meu sonho de sê prefessora, interrompido por um crime. (*Lembra com angústia*) Quando cheguei aqui, inda tentei ensiná alfabeto pras criança da gleba, mas Francisco se punha de tocaia pra me vigiá. Um dia, Emiliano, um aluno da escolinha, me trouxe um punhado de frô. Era um buquê tão lindo de calandra! Aquele menino me era tão grato pelo aprendizado das letra. Francisco cismô de maldá o agradecimento do menino. Emilianinho morava lá pras banda do Boqueirão. Naquele dia, como de costume, Francisco foi me buscá na portêra da escola. Na volta, fez um caminho diferente, deixô Emiliano tomá distância. (*Lembra com horror*) Me alembro como hoje: Francisco olhô bem na minha cara e falô: "É bom acabá com essa história por aqui, vai que ele cresce e junto dele cresce esse amô". Deu um tiro certeiro nas costa do menino. O sangue sujô o caderno, manchô as letra da cartilha. Ninguém nunca soube quem matô o bichin. Como pode, meu Deus?! Um homem ser ruim desse jeito! Joana parece que puxô o sangue ruim do pai. Inda s'eu pudesse contá a ela a verdade de meus encontro.

Fim do primeiro ato.

ATO II

O jantar que antecede à Alvorada de Domingo, ponto alto da Festa do Divino, geralmente é realizado na companhia dos demais festeiros, responsáveis pela preparação da comida a ser distribuída na festa pela manhã, mas Francisco não permitiu que outras pessoas além de sua própria família participassem. À mesa: Francisco, Rosa e Joana. Tereza está no quarto de donzelas com Janaína. As pessoas à mesa não as esperam para a refeição. Nenhuma palavra é trocada. As contendas, frustrações, segredos ficam implícitos nos olhares de cada uma das personagens. Na ponta da mesa está Francisco, o rei entronizado do Cerrado, sob a vigilância de uma foto de Amália, a esposa morta, que parece corroborar com seus atos, não por maldade, mas por medo também; sentimento que todas nutrem por Francisco.

CENA 1

FRANCISCO (*Quebrando o silêncio sepulcral*)
Fez boa viaji, Joana? Como tão as coisa pras banda do riacho? Janaína veio também? (*Pausa e irrita-se*) Não vai me dizê nada?!

ROSA (*Apaziguadora*)
Deixa Joana, Francisco. Ele tá cansada da viaji!

JOANA (*Enfática*)
Janaína veio sim, tava mal, teve u'as pilôra, mesmo assim eu trouxe sua filha!

FRANCISCO
Sua irmã, Joana. E gêmea!

JOANA
Num parece, nem a cara, nem az'ideia !

FRANCISCO (*Enigmático*)
Cada uma reage do modo como pode, Joana.

JOANA (*A debilidade física de Francisco parece encorajar Joana a falar sobre episódios ocorridos na família*)
Quando a situação é a mesma então, né mêmo, meu pai?!

FRANCISCO (*Como quem desconhece o assunto*)
Cê tá falando de quê, Joana?

JOANA
Inda pergunta? Parece qui esqueceu da disgraça que fez pra todo mundo dessa famia. Sempre se achô o dono de todas nóis, podendo fazê o que bem e mal entendesse. Cê lembra do dia que "ganhei" essa cicatriz na cara, meu pai? (*O episódio materializa-se na narrativa de Joana*) Eu tava ali fora deitada na rede, o senhor chegô bêbo. Falô pra minha mãe ir pro quarto, disse qui queria falar só comigo. Maria e Janaína já tava durmino. Tereza tava terminano de limpá a cozinha, entendeu o recado e foi pro quarto dela tamém. O senhor chegô perto de mim c'o bafo pôdi de cachaça e começô a me beijá. Falô pr'eu pensá ni Joaquim. Nunca aceitô eu ter abraçado ele no curral aquele dia, e acabô com a vida do coitado. Sabe por quê? Porque num consegue vivê com a ideia de que existe otro hômi no mundo. Nem imagem de santo hômi entra nessa casa. Até os bicho de estimação da casa tem que sê fêma. (*Com nojo*) Eu tentei me livrá do sinhô, gritei, o sinhô tampô minha boca, lembro de vê minha mãe pela fresta da janela do quarto. Depois, o sinhô

me bateu com a coronha do revolvi na cara, acordei com minha mãe e Tereza me limpano o sangue do rosto e das perna.

Joana sai da mesa.

FRANCISCO (*Desconversa*)
Rosa, eu quero mais dessa paçoca de pilão! Foi Dona Vantina quem fez? A carne qu'ela usa é do gado daqui, sabia? Melhó da região. Tereza não vem comê? E Janaína tem o quê, sabe?

ROSA
Num sei, Francisco. Ela chegô na carroça gritano e chorano. Joana disse que ela tava mais atacada que o normal. Tereza tá lá no quarto terminano de arrumá ela pra janta.

CENA 2

Nesse momento, entram Tereza e Janaína. Janaína parece outra pessoa. Não é mais a mulher que entrou na casa da fazenda. Está arrumada, banho tomado, bem-vestida e cabelos alinhados. Exala um cheiro bom de flor de laranjeira e não está envolta em correntes. Tereza está visivelmente cansada, o esforço dispendido desde a sua chegada em preparar a comida para os festeiros, acalmar Janaína e mediar as brigas de Rosa e Joana, abateu-na. Mas a abnegação de Tereza a faz preparar um prato à parte para Janaína e zelosa se põe a alimentar a filha mais clara de Francisco.

TEREZA

Coma, minha filha! Vai ficá fraca se num comê direito! (*Para Francisco*) Joana disse qu'ela fica mais agitada nesse tempo da Festa do Divino. É só ouví o som da banda recolheno as esmola que começa a desfalecê.

FRANCISCO (*Cínico*)
Coitada de Janaína, uma moça bonita dessa, desperdiçada pra loucura.

TEREZA (*Num tom acusador*)
Francisco, você sabe muito bem por que ela ficô assim!

FRANCISCO
Juízo fraco!

TEREZA *(Num súbito de coragem)*
Como pode, Francisco? A pôbi da menina tá assim derna da Festa do Divino que Manoel do Engenho Velho foi coroado imperadô. Naquele dia, todo mundo se arrumô pra festa da roça. E você, resolveu fazê mais uma de suas disgracêra. Quando a coroa do imperadô voltou da igreja pra casa de Mané, cê levou Janaína pro milharal e lascô co'ela. A pobizinha gritô que só, mas ninguém podia ouví, o som da banda cobriu o clamô dela. Pra acabá, ainda deixou ela por lá caída. (*Com pena*) Perturbou tanto o juízo da menina que toda vez qu'ela escuta o hino do Divino lembra do que aconteceu e fica assim, agitada.

FRANCISCO (*Furioso*)
Que desgraça, Tereza! Eu nunca sôbe do lado de quem cê tá, ora defendendo essas menina, ora me acobertando. Pra

quê? Pra casá comigo, sua inválida. Parece que nunca vai entendê que num passa de uma empregada, que a vida toda eu comi e que quando engravidô daquele seu noivo que te passô a perna, fiz a caridade de te colocá debaixo do meu teto. Inda criei suas duas fia como se fosse minha, e hoje tão me jogando tudo na cara. Você devia era me sê grata, e elas tamém, num fosse por mim, Joana e Janaína ou tava morta ou no cabaré.

Francisco revela nesse momento que as gêmeas Joana e Janaína não são filhas dele e de Amália e, sim, de Tereza e seu noivo fugitivo. Um dos segredos da família Dantas é trazido à tona, para a surpresa de todas. Janaína na sua subjetividade parece entender a revelação e sai correndo.

TEREZA

Cê num precisava tê dito isso, Francisco. Cê quebrô nosso pacto. As únicas pessoa que sabia disso era eu, Amália e você. Com Amália morta, ninguém ia sabê a verdade. (*Joga na cara de Francisco*) Todos os ano qu'eu passei aqui como empregada na casa da fazenda era pra podê tá junto de minhas fia. Fruto de meu único amô, que foi obrigado a fugí daqui sob ameaça de morte sua. Nem a mim, cê permitiu que tivesse um amô na vida. Amália sempre quis tê mais filho, mas desde o nascimento de Maria quando quase morreu, o útero dela secô. Eu aceitei de bom grado dá minhas fia pr'ocê, com medo de passá fome. Eu sempre tive aqui por amô a elas. Nunca recebi um centavo. Fui mandada embora e, quando ameacei contá toda a verdade, cê ainda me derrubô da carroça e passô por cima da minha perna. Eu tive medo de morrê e de que cê matasse minhas fia. Aceitei me deitá sempre com você pra poupá elas desse malgrado. Mesm'assim, você num respeitô nosso trato, Francisco.

Francisco parece não se abalar exteriormente com as acusações e pouco se importa com as consequências de suas revelações.

FRANCISCO

Vamo deixá de conversa fiada, depois a gente resolve isso. Vamos se prepará pra Alvorada de Domingo e, além do mais, amanhã é meu aniversário, são duas festas numa só. Um ano a mais pra tristeza de vocês. (*Enternece-se*) Eu só sinto falta de minha filha Maria, que num tá aqui hôji pra me ver imperadô do Divino.

CENA 3

Francisco vai para o quarto descansar e depois preparar-se para aparecer ao povo do vilarejo com toda a pompa. Entra Joana no quarto.

JOANA

Bença? Tereza me falô sobre a verdade. Então é por isso que cê nunca respeitô a mim nem mirmã, pai? S'é que ainda posso te chamá disso! Mas vou prová que num tenho nada contra você e vim aqui pra abrí seus zói. (*Envenena*) Rosa se encontra com alguém quando cê dorme. Deve ser por isso que criô coraji pra lhe enfrentá, deve tá tramano sua morte, pra podê ficá com seu dinhêro.

FRANCISCO

Como cê sabe disso?

JOANA

Da última vez que tive aqui, quando Maria já tinha sumido, percebi que Rosa tava diferente, mais corajosa. Num é só porque o sinhô tá ficando veio, não. Eu acho que tem algo com hômi nessa história. E depois de ouví da sua boca que não sô sua filha, num tenho direito à herança, por isso quero fazê um acordo com o sinhô. Um negócio! S'eu descobrí quem é o hômi com quem Rosa anda se encontrano, quero ficá pra mim com a casa do riacho. Escrita em testamento, pra não corrê risco de alguém me tomá.

FRANCISCO

Cê derna de pequena foi assim, Joana. Doida por dinhêro. Pensa que num sei, que cobrava dinheiro dos moço pra mandá recado pra Maria? Quando cê ia mais Amália pra missa, os moço deixava o recado enrolado numas nota de dinhêro. Eu sei de tudo, Joana. Num tem nada que passe por baixo de minha vista sem minha atenção. Essa história de Rosa é que é surpresa pra mim. Eu não acho que ela seria capaz de se encontrá com otro hômi. Mas vamo fazê o trato. Eu finjo dormí daqui a pouco e cê segue ela pra sabê de quem se trata. (*Imperativo*) E agora vá arrumá sua roupa pra amanhã e tente se ajeitá um pouco, Joana, sua lida com os bicho te deixô marimacho por demais.

Joana sai do quarto. Entra Rosa.

CENA 4

ROSA

Francisco, a comida da festa tá quase pronta. Eu vô terminá os preparativo da festa. As irmã da paróquia tão terminano de enfeitá a capela. Tereza e as menina já fôro dormí pra Alvorada de logo mais. Eu queria que tudo isso acabasse logo, Francisco, o dia de hoje já foi duro demais pra todo mundo. Tanta coisa escondida apareceu.

Francisco entende que isso é uma estratégia de Rosa pra que ele durma e ela possa encontrar com o amante.

FRANCISCO

Tudo bem, Rosa, acho que a noite de hoje vai sê mais curta mêmo. Mas eu quero que tudo seja esquecido a partir de agora, todo mundo de cara boa, pois eu sou o imperadô do Divino e vou fazê oitenta ano.

ROSA

O moleque do Sebastião já veio dizê que os boi que tu mandô pra assá já tão no buraco e que, antes do nascê do sol, o churrasco tá pronto. Dona Maroca que tinha ficado de fazê o bolo disse que quase desandô a receita, tá muito úmido, o glacê desunerô na primêra, parece que vem chuva; mas tá tudo sob controle e o bolo de oitenta quilo já tá a caminho da capela. Essa Alvorada de logo mais parece ser a maior Festa do Divino que essas banda já tiveram.

FRANCISCO

É uma encomenda da alma do Diabo pro Céu, Rosa! Eu sempre fui muito temido nesse lugá, nunca tive reconhecimento do padre daqui. Pagá pela reforma da igreja dele ajudô o acaso tirá meu nome no sorteiò pra imperadô da festa.

Rosa sai pra terminar de arrumar os preparativos da festa, mas está sob a vigilância de Joana.

CENA 5

Francisco fica na companhia de seus fantasmas. Em frente ao espelho, reflete sobre os males que causou durante a vida. Francisco está com a coroa do Divino Espírito Santo em suas mãos, o símbolo da divindade na Terra. Uma leve garoa começa a cair durante a noite. A chuva no Cerrado serve para fazer brotar as flores.

FRANCISCO *(Observa pela janela, ouve o barulho bom de chuva leve e o cheiro de barro fresco)*
Parece que a chuva do caju começô a caí! (*Para si, terceira pessoa*) É, Francisco Dantas. Aqui tá você, completando oitenta ano. Pra quem ia morrê anjinho até que cê durô muito tempo, rapaz. A misera do Seridó num foi capaz de apagá seu fôlego de vida. Entrando Brasil adentro, foi atropelando todo mundo que impedisse o propósito de sê rei e foi fazer reinado aqui na otra beirada do país. Se sua mãe pudesse lhe vê agora, taria orgulhosa, Francisco. Nem precisava sabê das disgraça que cê fez. Talvez até

entendesse. Afinal, ela também foi vítima do destino. A pobizinha, empregada na casa de família rica, gente da política, o patrão engravidô ela e pôs logo pra corrê. O hômi que era meu pai. Como num bastasse, tentô matá minha mãezinha comigo na barriga, mas eu já era valente derna daquela época. E acho que dei força pra minha mãe continuá viva. Consegui tudo isso pra ela, mas ela nem tá aqui pra vê. Daqui a pouco, vou sê coroado imperadô do Divino. O santo de devoção de minha mãe. (*Desolado*) Nenhuma das mulé da minha vida tá aqui. Nem minha mãe, que me trouxe ao mundo; nem Amália, a única mulé que eu amei na vida; nem Maria, a minha única filha, que parecia minha mãe renascida. Se esse pombo do Divino tem algum podê de milagre, meu pedido de aniversário é podê vê Maria de novo, antes de minha morte.

CENA 6

Frente ao oratório, Tereza reza para o Divino.

TEREZA (*Rezando*)

Vinde renová a face da Terra. Derramai a Vossa luz nos nosso espírito. Gravai a Vossa lei nos nosso coração. Abrasai os nossos coração no fogo do Vosso amô. Abri-nos o tesouro das Vossas graça. Ensinai-nos como quereis que as peçamo. Iluminai-nos pelas celeste inspiração. Concedei-nos a ciência que é a única necessária. Formai-nos na prática do bem. Dai-nos o merecimento das Suas virtudes. Fazei-nos perseverar na justiça. Sede Vós a recompensa eterna.

Fim do segundo ato.

ATO III

Apesar da iniquidade de Francisco, o pedido sincero do Imperador Vil do Cerrado parece ser ouvido pela Santidade. E, do mesmo modo, o Divino ressignifica na cabeça de Francisco algumas das maldades que pesam sobre a alma do sertanejo. Rosa vai ao encontro de Maria, a filha sumida de Francisco, às escondidas. Maria está grávida e prestes a dar à luz. Molhada pela chuva fina que cai.

CENA 1

MARIA (*Agradecida*)

Rosa, eu nem sei como agradecê pelo que tem feito por mim durante esse tempo, pondo a vida em risco pra me ajudá.

ROSA

Maria, minha amiga, num precisa agradecê. Sabe muito bem que faço de bom grado. Cê sempre foi a única pessoa que pude contá desde qui cheguei aqui. É a forma que tenho de retribuí. Se num fosse você, eu já teria feito uma disgraça tamém.

MARIA

Rosa, já comecô as dô de parto. Vô precisá da ajuda de Tereza, ela que ajudô no meu nascimento, quando minha mãe quase morreu. Foi Tereza quem cuidou de minha mãe no resguardo e tá junto da família há tanto tempo. Tereza que fez o parto de minhas irmã. Eu sei que você e Tereza nunca se dero muito bem, mas agora vamos nos uní. Eu quero que essa criança nasça no lugar onde eu nasci.

ROSA (*Meio sem jeito*)
Maria, tenho que te contá uma coisa. Seu pai acabô dizendo isso hoje na janta, depois de uma discussão que teve com Tereza. (*Pausa*) Joana e Janaína não são suas irmã! São fia de Tereza com o noivo dela que fugiu. Essa foi mais uma das maldade de Francisco pra Tereza num casá. Ameaçô matá o hômi e inventô a história do golpe pra encobrí a "fuga" do tal do noivo, o pai das gêma. Tereza que tinha medo de passá fome, deu as menina pra sua mãe criá.

MARIA (*Caindo a ficha*)
Por isso minha mãe só protegeu a mim de meu pai. Minha mãe devia tê lutado por elas tamém. (*Muda a conversa*) Rosa, isso não faz a menó diferença, Tereza foi uma mãe pra mim tamém. Passei minha vida acreditando nessa história e num é por isso qu'elas vão deixá de sê minhaz'irmã. (*Reflete*) Agora faz sentido Tereza passá a vida inteira como empregada de casa, suportano os desmando de meu pai, pra podê protegê as fia que era dela.

ROSA

Maria, eu tô tão feliz que cê tá grávida. Enfim, alguém vai podê continuá essa família. Eu sei que a criança que tá nessa barriga vem pra acabá com esse reinado de disgraça. Você ama o hômi que seu pai quase matô na infância. O menino que sobreviveu depois de Francisco assassiná os pai dele. O desejo de vingança dele se converteu num amô por você e o fruto desse amô é esse bebê que cê tá trazeno na barriga. (*Compadecida*) Apesar de toda maldade que fez, Francisco já tá muito veio, quase perto de morrê e num esquece de falá de você um dia. Acho que no dia do aniversário dele e no ano que é coroado imperadô do Divino, merece a alegria de te vê de novo. (*Emocionada*) Maria, você tá mais linda de que sempre foi, qu'essa barriga. Tá a cara do retrato que vi de Dona Dionísia, mãe de Francisco. Ele sempre disse que você se parece muito com ela e é verdade. Tia Dionísia era devota do Divino e seu bebê vai nascê justo num domingo do Divino. Parece até providência do Céu.

CENA 2

Entra primeiro Rosa no quarto de Francisco, que finge dormir.

ROSA

Francisco, acorda, Francisco!

Maria entra.

FRANCISCO (*Chora*)

Meu Deus, Maria! Por onde você andô esse tempo todo?

MARIA

Pai, eu fui viver um amô. Coisa que o senhor nunca ia deixá.

FRANCISCO

Minha filha! Eu pensei que fosse morrê sem te vê de novo, feito minha mãe que num vi no leito de morte. (*Emociona-se*) Como cê tá parecida com Dona Dionísia, Maria. Passei tantas noite sem durmí, pensano em você!

MARIA

É, pai, tem noite que pra dormir a gente precisa virá o colchão no avesso e a alma da gente vai revirano junto. Foi preciso um amô de verdade pra livrá a gente da maldição que nossa família caiu por seus ato. Agora, a gente tem a chance de mudá tudo. Ai!

Maria começa a ter contrações mais fortes do parto.

FRANCISCO

Você tá grávida, Maria? (*Muda*) Quem foi o miserávi que te disgraçô?

MARIA

Pai, não tem nada de disgraça comigo.

FRANCISCO

Anda a chamá Tereza pra ajudá no parto. Essa criança vai nascê na cama que cê nasceu e sem complicação, porque tem a proteção do Divino Espírito Santo. Vai dá tudo certo, minha fia!

MARIA

Pai, eu preciso te dizê quem é o hômi q'eu me apaixonei. Você se lembra da família que o sinhô matô por causa de uma paga de dívida? O menino num morreu. É Pedro, meu marido, o amô de minha vida, pai!

FRANCISCO

Depois a gente resolve isso.

CENA 3

Entra Tereza, que troca os forros de cama pra que Maria se deite e inicie o trabalho de parto. Chegam Joana e Janaína também.

JANAÍNA

Mariaaaa! Você vai me dá uma boneca, num vai?

MARIA

Ô, minha irmã, num sei, mas é uma criança que a gente vai amá muito. E vai botá fim ao ódio e às coisas ruim que já acontecero nessa casa.

JANAÍNA

Felizzzzz, a gente vai brincá de boneca depois, tá?

MARIA

Pode deixar, Jana. A gente logo vai brincá, vai ser muito feliz.

JANAÍNA (*Parece estar sensível às outras presenças*)
Amália e Dionísia já tinha me falado isso e elas tão bem aí do seu lado pra ajudá nessa hora. Elas tinha vindo me dizê pra eu esperar que logo, logo cê chegaria, por isso eu vim pra cá. Eu sabia que ia te encontrá aqui. Eu tava com muita saudade sua, mirmã.

JOANA (*Joana puxa Janaína*)
Pensei que cê tivesse melhó, mas tô vendo que tá é mais doida.

JANAÍNA
Não, mana. Eu num tô mais doida, não. Eu saí correndo no jantá e ia me jogá no poço, mas Amália e Dionísia me seguraro, falaro que Maria tava chegano com um neném pra gente. Eu num me joguei, e agora num tenho mais medo da música do Divino, nem do meu pai, porque elas tão aqui pra protegê a gente.

JOANA (*Seca*)
Deixe de conversa fiada. Amália nem é nossa mãe e além de tudo tá morta. (*Para Maria*) Então, foi pra isso que cê sumiu no mundo! Pra poder ter um hômi na vida. Mais um ponto pra você, Maria. A gente nunca teve esse direito.

JANAÍNA (*Para Joana*)

E elas falaro pra eu dá um recado pra você: num é pra fazê o que tá pensano. Porque, hoje, cê também vai sê feliz, é só tomá banho de chuva. Água limpa tudo, até cabeça ruim. (*Entra Rosa*)

ROSA

Será que naisce até a Alvorada? Aí vão ser três festas: a do santo, a de Francisco e da criança! Que Nossa Senhora do Bom Parto te proteja, Maria.

CENA 4

MARIA (*Reza entre as dores de parto. A cena transcorre com uma ação coletiva das mulheres da trama, pegando panos e ajudando Tereza no parto*)
Ó Maria Santíssima, vós, por um privilégio especial de Deus, fostes insenta da mancha do pecado original, e devido a este privilégio não sofrestes os incômodo da maternidade, nem ao tempo da gravidez e nem ao parto; mas compreendeis perfeitamente as angústia e afliç*ão* das pobres mãe que espera um filho, especialmente nas incerteza do sucesso ou insucesso do parto. Olhai para mim, vossa serva, que na aproximação do parto, sofro angústias e incerteza. Dai-me a graça de t*ê* um parto feliz. Fazei que meu bebê nasça com saúde, forte e perfeito. Eu prometo orient*á* a criança sempre pelo caminho certo, o caminho que o vosso filho, Jesus, traç*ô* para todos os homens, o caminho do bem. Nossa Senhora do Bom Parto, rogai por mim! Amém!

A cena em blackout traz uma profusão de sons: os gritos de Maria, logo depois o choro da criança e ao longe a banda do cortejo do Divino.

CENA 5

Todos se aprontam, o parto de Maria transcorreu da melhor maneira. Na varanda da casa está a família que esconde tantos segredos pra comunidade daquele local. Francisco está ao centro como o imperador daquelas terras, ao lado direito está Maria, sentada na cadeira por conta do resguardo, junto com Tereza, que carrega a criança, o trunfo, já que não nascem bebês naquela casa há tantos anos. Do lado esquerdo, Joana, com a feição carrancuda de quem não foi premiada pela vida, inveja a felicidade alheia. Ao lado de Joana, a irmã Janaína se mostra feliz e saúda as outras duas presenças — Amália e Dionísia. Joana cochicha ao ouvido de Francisco e aponta onde está Pedro, o marido de Maria. Francisco está armado. Hora do discurso do imperador.

FRANCISCO

É com muita alegria que recebo a todos em minha propriedade hôji pra festa do Nosso Sinhô Divino Espírito Santo. Ano passado, quando fui escolhido imperadô da festa, fiquei muito sastifeito porque pra mim essa data é muito importante, celebra a discida do Espírito Santo à Terra; Divino era o santo de proteção de minha mãe, que Deus a tenha. Lá do céu, tenho certeza que hôji ela tá olhano pra mim e deve tá orgulhosa tamém. Mas a data de hôji é especial por várias razão. É meu aniversário de oitenta anos. (*Reconta sua trajetória*) Derna que eu, um menino frazino saí do Seridó, só com uma precata no pé, um bornal de comida e ganhei o mundo, pra tá aqui, onde tô hôji, muita coisa eu enfrentei na vida. Muitas conhecida de vocês, outras que nem pra meu travesseiro eu arrisco contá. Além do mais, hôji, é um dia importante pois minha fia Maria, sumida há tanto tempo, reapareceu, e grávida. Nessa madrugada nasceu uma criança. (*Francisco identifica no meio das pessoas o homem que se comove e se aproxima pra ver a criança e deduz mesmo que seja Pedro, o marido de Maria, do casamento não consentido por Francisco*) Como todos vocês bem sabe, o único hômi que morô nessa casa durante toda a vida fui eu. Nunca permiti que nenhum otro entrasse aqui. E nesse meu jeito de vida, causei muita dor e sofrimento. Essa festa é importante porque é tamém um pedido de desculpa em público dos erro que cometi. Nem todas as pessoa que eu preciso me desculpá tão aqui, mas gostaria que cês aceitasse de coração as desculpas de um homem que teve uma carapaça de maldade cobrindo e que graças ao Divino Espírito Santo tornou-se otro. Em uma das besteiras que fiz na vida, matei quase uma família toda, já pedi perdão a Deus e graças a Maria, minha fia, eu vou podê pedí perdão pro filho daquele casal que matei. Pedro que tá aqui é o menino que sobreviveu naquele dia. É agora marido de minha filha Maria, pai dessa criança. E nesse momento gostaria de fazer uma prece ao Divino: "Ó Espírito Santo, Espírito de amô e de verdade, autor da santificação das nossas alma, eu Vos adoro como o princípio de minha felicidade eterna. Muitas graça Vos dou, Soberano Dispensador dos benefício que do Céu recebo, e Vos invoco como a fonte das luz e da fortaleza que me são necessárias para conhecer o bem e poder praticá-lo. Espírito de luz e de fortaleza, alumiai o meu entendimento, fortificai a minha vontade, purificai o meu coração, regulai todos os meus movimento (*Chorando, Francisco coloca a mão no paletó, onde guarda o revólver, pega um lenço*) e fazei-me dócil a todas as Vossas inspiração. Espírito Consolador, aliviai as pena e os trabalho que me afligem neste vale de lágrimas, dai-me conformidade e paciência para que eu mereça fazer neste mundo penitência dos meus pecados e gozar no outro a luz da eterna bem-aventurança. (*Guarda o lenço e tira a arma, aponta pra direção da plateia, onde supostamente estaria Pedro*). Amém.

Blackout. Ouve-se som de tiro. Som da banda do Divino.

CENA 6

Relegado ao isolamento, pior que morrer é viver solitário. A luz do cenário abre vagarosamente. Francisco desperta na cadeira e se vê sozinho. Envolto aos doces, quitutes e adereços da Festa do Divino, percebe que ninguém da comunidade compareceu para celebrar junto dele o aniversário, ao lado, apenas a Coroa do Divino, obtida de forma ilícita. A supremacia masculina de Francisco impediu-o de cultuar inclusive imagens de santos homens, num avejão vislumbra a santa em um nicho no canto do cômodo. É Maria, a filha que traz um filho no colo e reproduz a imagem de Nossa Senhora do Rosário.

Chico Gayoso

é mato-grossense, radicado na Bahia. Jornalista, ator e gestor cultural. É professor de Artes e Comunicação na Universidade Federal do Sul da Bahia (UFSB). Atua na pesquisa de culturas populares, interculturalidades e expressões artísticas contemporâneas. Integrou por 12 anos a Companhia Teatro Mosaico (MT). Em 2021, recebeu o Prêmio Funarte de Dramaturgia pelo texto *Porandubinhas de um Brasil com Z.*